Entre el Amor y la Loc

Corrupció

Vol

Marie Dachekar Castor

Entre amor y locura: El placer, el poder y la corrupción en Gomorra

5, Volume 4

Marie Dachekar Castor

Published by Marie Dachekar Castor, 2024.

This is a work of fiction. Similarities to real people, places, or events are entirely coincidental.

ENTRE AMOR Y LOCURA: EL PLACER, EL PODER Y LA CORRUPCIÓN EN GOMORRA

First edition. November 25, 2024.

ISBN: 979-8227831354

Written by Marie Dachekar Castor.

Also by Marie Dachekar Castor

2

"Encuentro con los conquistadores de records deportivos: Estrellas notables entre las mejores"

5

Entre amour et Folie : Le plaisir, le pouvoir et la corruption à Gomorrhe

"Entre el amor y la locura: Placer, poder y corrupción en Gomorra"

"Entre amour et folie: Le plaisir, le pouvoir et la corruption à Gomorrhe"

"Entre amor y locura: placer, poder y corrupción a Gomorra"

Entre amour et folie: le plaisir, le pouvoir et la corruption à Gomorrhe

Entre amor y locura: El placer, el poder y la corrupción en Gomorra

"Entre amour et folie: Le plaisir, le pouvoir et la corruption à Gomorrhe"

Standalone

Au delà des préjugés: L'amour au coeur des obstacles

El precio de la desesperación: Inmersión en la realidad de la prostitución y büsqueda de soluciones

Los tabúes de la sociedad

Las Complejidades de la Infidelidad en las Relaciones entre Hombre y Mujere

Recetas magicas

Entre la belleza de la juventud y el miedo a envejecer: la alimentación como clave para la vitalidad

"Entre la belleza de la juventud y el miedo a envejecer: La alimentación como clave para la vitalidad."

Las Complejidades de la Infidelidad en las Relaciones entre Hombre y Mujere

Más allá de los prejuicios: el amor en el corazón de los obstáculos

Pequeñas Historia para viajar con la imaginación

Tabla de Contenido

Introducción

Esta cuarta novela **Entre el Amor y la Locura: El Placer, el Poder y la Corrupción en Gomorra** se desarrolla en un mundo ficticio profundamente marcado por luchas de poder y la exploración de la naturaleza humana a través de personajes cuyas vidas se entrelazan en una trama compleja.

El ascenso de Akouar como líder de la ciudad

La introducción de Ackeli y Aïah: una tragedia naciente

En la sombra de este régimen autoritario, se desata una tragedia personal. Ackeli Hicha, un hombre con ambiciones oscuras y deseos insatisfechos, comete un acto abominable contra Aïah, una joven llena de vida y sueños. Este crimen marca un punto de inflexión en sus vidas: Ackeli es encarcelado y condenado en Sodoma, mientras que Aïah debe enfrentar las consecuencias de este evento traumático, incluida un embarazo no deseado.

La fuga de Ackeli

En prisión, Ackeli sufre castigos pero conserva un destello de astucia. Con la ayuda de sus influyentes partidarios, organiza una fuga espectacular, simulando su propia muerte. Bajo una nueva identidad, la de Ekleyima, permanece en Sodoma, evitando regresar a Gomorra. Allí se reconstruye, sumergiéndose en actividades clandestinas para obtener los medios que le permitan expiar sus pecados.

La lucha interior de Aïah

Por su parte, Aïah atraviesa momentos de profundo dolor y resiliencia. Apoyada por su familia, decide volcar todo su amor en Hinna Saar, quien se convierte en un símbolo de valentía y renovación para ella. La relación compleja entre Aïah y su hija es el eje central de esta parte de la historia, mientras intentan sanar las cicatrices del pasado.

El juego de máscaras: Ekleyima y la sombra de la verdad

Bajo la identidad de Ekleyima, Ackeli establece una comunicación anónima con Aïah, ayudando en secreto a su hija mientras evita ser descubierto. A través de intercambios misteriosos, intenta acercarse a ella sin revelar su verdadera identidad. La historia alcanza su punto culminante cuando los sentimientos reprimidos y los secretos cuidadosamente guardados comienzan a desvelarse.

La revelación de la identidad de Ackeli

El clímax de la novela ocurre cuando la verdad se vuelve imposible de ocultar. Durante un intercambio cargado de emociones, Ackeli finalmente revela su verdadera identidad a Aïah. Este momento de revelación es un terremoto emocional para Aïah, quien se enfrenta a una mezcla compleja de ira, traición, pero también comprensión y dolor.

Una historia de redención y emociones profundas

Entre el Amor y la Locura es mucho más que una simple historia de traición y redención. Es un viaje a través de las zonas grises de la moralidad, donde los personajes, ni completamente buenos ni enteramente malos, buscan un sentido a su existencia en un mundo brutal. A través de temas universales como el amor, la culpa, el poder y la resiliencia, la novela invita a los lectores a reflexionar sobre la complejidad de las relaciones humanas y la posibilidad de encontrar un rayo de esperanza incluso en las profundidades más oscuras.

Con una escritura rica en detalles y una trama llena de suspense, este libro cautiva por su profundidad emocional y su exploración de los dilemas humanos, dejando a los lectores con preguntas inquietantes sobre el perdón, la justicia y la humanidad.

Aïah decide guardar el secreto, pero las tensiones permanecen.

Parte V: Un Amor Suspendido

11. Lágrimas y Promesas

Una conversación llena de arrepentimientos, perdón y esperanza.

12. Un Futuro Incierto

El misterio persiste alrededor de Ekleyima, insinuando nuevas pruebas.

Parte I:
Sombras del Poder

- ## 1. Un Pacto Histórico

Tras los tumultos que sacudieron a Gomorra, parecía imposible lograr un equilibrio político. La sombra del escándalo pesaba enormemente, pero también era una época donde las alianzas improbables se volvían necesarias. Moustaffah Dan Cdeck II, aún en la cima del poder como gobernador del país, lideraba una izquierda debilitada por divisiones internas. Alexander Hemiho, quien había sido alcalde de Gomorra durante la tragedia de Aïah, había abandonado la escena, llevándose consigo la ya frágil confianza de los habitantes.

Cuatro años después de esos acontecimientos, ocurrió un giro inesperado. La izquierda, pese a su predominio, firmó un pacto con la derecha en un esfuerzo por formar una coalición sin precedentes. Fue una decisión controvertida. Las voces disidentes se multiplicaron en ambos bandos, pero Moustaffah se mantuvo firme en su estrategia:

Debemos demostrar que este país puede trascender las divisiones partidistas.

Este pacto abrió el camino para una elección peculiar. Akouar, el tío de Aïah, fue designado alcalde de Gomorra. Su nombramiento no estuvo exento de murmullos ni críticas. Se decía que su ascenso se debía más a maniobras tras bambalinas que a un verdadero reconocimiento popular. Sin embargo, durante su discurso de investidura, mostró ser digno, aunque algo calculador.

Hoy, Gomorra elige la unidad declaró Akouar, con voz grave y mirada penetrante. Pero esta unidad no será solo política. Deberá tocar cada hogar, cada corazón. Hemos sufrido bastante por nuestras divisiones.

Los aplausos fueron educados, pero las miradas en la audiencia traicionaban una profunda desconfianza.

Las Sombras detrás del Pacto

Entre bastidores, los secretos y las ambiciones personales chocaban. Algunos afirmaban que el acuerdo era solo una fachada para permitir que la izquierda mantuviera el control sobre los puestos estratégicos, mientras que la derecha, hambrienta de poder, aceptaba las sobras a cambio de promesas ambiguas.

En su oficina, Akouar recibió una llamada de uno de sus asesores cercanos.

Señor alcalde, los rumores se están propagando rápidamente. Algunos dicen que esta alianza es una señal de debilidad.

Akouar sonrió mientras ajustaba su banda tricolor.

Que hablen. Mientras actuemos, sus palabras no serán más que susurros.

Sin embargo, en las sombras, Akouar llevaba otro peso. Su sobrino, Ackeli, quien había cometido lo imperdonable contra su sobrina, Aïah, estaba supuestamente muerto o exiliado. Pero Akouar sabía, o al menos sospechaba, que seguía vivo, escondido bajo otra identidad. Este secreto pesaba enormemente sobre él, una verdad que no podía ni revelar ni ignorar.

El Eco de los Silencios

Mientras las discusiones políticas animaban los salones privados de Gomorra, los fantasmas del pasado permanecían vivos en la mente de Aïah. Sentada en el jardín familiar, escuchaba distraídamente las noticias en la radio, donde anunciaban oficialmente la investidura de su tío.

El señor Akouar promete devolver la esperanza a los habitantes de Gomorra...

Apretó los puños, con una mezcla de ira y desilusión en la mirada. Ese mismo tío, figura de apoyo, también tenía la responsabilidad de haber permitido que Ackeli entrara en sus vidas.

Durante la cena familiar, el anuncio del pacto tomó un giro más personal.

¿Qué cambia para nosotros? preguntó Aïah, rompiendo un pesado silencio.

Akouar, agotado por las interminables negociaciones del día, respondió con sequedad:

Todo. Y nada. Esto no es para nosotros, es para Gomorra.

¿Gomorra? replicó ella, con un destello de ira en su voz. ¿Gomorra se preocupó por mí cuando...?

Se detuvo, incapaz de continuar. El silencio cayó de nuevo, esta vez más pesado que nunca. Akouar bajó la mirada, incapaz de sostener el de su sobrina.

La Frágil Esperanza de la Coalición

En las semanas siguientes a la investidura, Akouar emprendió grandes proyectos para restaurar la imagen de Gomorra. Rehabilitaciones, anuncios públicos y promesas de prosperidad formaban parte de su programa. Sin embargo, las tensiones internas de la coalición se manifestaban cada vez más. Las discusiones a puerta cerrada revelaban las grietas en esta alianza, y los rumores de traición ya circulaban en los pasillos del poder.

Mientras tanto, Aïah continuaba viviendo con las cicatrices invisibles de su pasado. Los recuerdos de Ackeli permanecían grabados en su mente, pero encontraba una extraña consuelo en la idea de que estaba lejos, tal vez muerto. Lo que no sabía era que él observaba cada movimiento, cada anuncio político, escondido tras su máscara de Ekleyima.

En su refugio aislado, Ekleyima escuchaba la radio, con una sonrisa irónica en el rostro.

Entonces, Akouar, ¿qué harás cuando la verdad salga a la luz? murmuró en la oscuridad.

Parte II:

La Sombra de Ekleyima

- ## 3. Una Máscara, una Nueva Vida

El día que Ackeli decidió desaparecer, dejó atrás mucho más que su nombre. Abandonó sus sueños de artista, su pasado turbulento e incluso los rasgos de su rostro, ahora ocultos tras la máscara de Ekleyima. No era simplemente un disfraz; era un renacimiento, una ruptura total con un hombre que ahora despreciaba.

El camino hacia esta transformación no fue fácil. Después de escapar de prisión con la ayuda de unos cómplices con motivos oscuros, Ackeli se refugió en los barrios bajos de Gomorra, un laberinto de callejones oscuros donde la ley solo existía para quienes podían pagarla. Allí encontró refugio en la clínica de un médico clandestino conocido por sus habilidades en cirugía plástica.

"¿Quieres cambiar tu rostro?" preguntó el médico mientras limpiaba sus herramientas con un silencio casi ceremonial.

"No solo el rostro, doctor. Quiero borrar al hombre que era."

"Eso no puedo garantizarlo. Las cicatrices internas, esas nunca desaparecen."

La transformación física fue dolorosa. Semanas de convalecencia en la oscuridad, solo con sus pensamientos, fueron tanto un suplicio como una purificación. Cuando Ackeli se miró por primera vez en el espejo tras la intervención, no reconoció su propio reflejo. Ese rostro anguloso, marcado por una frialdad casi inhumana, ¿realmente era suyo?

Una Nueva Vida en la Sombra

Bajo el seudónimo de Ekleyima, Ackeli comenzó una vida completamente nueva. Gracias a las conexiones establecidas durante su carrera criminal y su tiempo en prisión, se infiltró en redes clandestinas de una eficiencia temible.

Se convirtió en un maestro del anonimato. Para sus nuevos asociados, Ekleyima era solo un hombre misterioso, calculador y eficiente. Pocos sabían de dónde venía y aún menos se atrevían a hacer preguntas.

Un día, durante una transacción en un almacén aislado, Ekleyima enfrentó a un traficante nervioso que intentaba negociar el precio de un envío de armas.

"¿Realmente quieres discutir conmigo?" preguntó Ekleyima con una voz tranquila, casi inaudible.

"Es solo que... el precio... parece alto, ya sabes."

"El precio de la traición siempre es más alto. Créeme, hablo por experiencia."

El silencio cayó como una sentencia, y el hombre aceptó sin decir más.

El Peso de la Máscara

Pero detrás de esa máscara impenetrable, Ekleyima llevaba una carga que no podía compartir. Cada noche, en su refugio secreto, soñaba con rostros olvidados: el de Aïah, primero lleno de amor, luego deformado por el dolor; el de su hija, Hinna Saar, a quien nunca había sostenido en sus brazos.

Una noche, mientras escuchaba una vieja canción que había cantado alguna vez en el escenario, Ekleyima se sorprendió murmurando las palabras. La melodía, impregnada de nostalgia, era un cruel recordatorio de todo lo que había perdido.

— "¿Por qué?" se preguntó en voz alta.

"¿Por qué sigo aquí, esperando lo imposible?"

Sacó un cuaderno de una vieja caja de madera. Dentro, había cartas nunca enviadas a Aïah y a Hinna. Sus manos temblaban mientras escribía:

"Hinna, mi hija,

Si algún día lees esto, debes saber que cada decisión que tomé, por cruel que pareciera, fue para protegerte. Perdóname, aunque no lo merezca. Tu padre, Ekleyima."

Sabía que nunca enviaría esas cartas. Eran su único desahogo, un puente frágil entre su pasado y lo que soñaba ser.

Un Regreso a Gomorra

A pesar de sus esfuerzos por escapar de su antigua vida, Ekleyima se sintió poco a poco atraído hacia Gomorra, como una polilla hacia una llama. Nunca se acercaba directamente, pero escuchaba cada noticia proveniente de la ciudad.

Un día, se enteró de la elección de Akouar, el tío de Aïah, como alcalde. Fue un shock. Se dio cuenta de que, a pesar de todos sus esfuerzos por reconstruirse, sus raíces estaban profundamente enterradas en esa tierra maldita.

"Akouar"murmuró en la oscuridad.

"Si supieras todo lo que sé"

La máscara de Ekleyima no era solo una fachada. Era una armadura contra el mundo, pero también una prisión. Una prisión de la que no estaba seguro de querer salir.

La sombra que proyectaba sobre Gomorra crecía, silenciosa, y la historia de Ekleyima apenas comenzaba.

- **4. Actos Invisibles**
- **Sus hazañas clandestinas y sus contribuciones secretas a la vida de Hinna Saar.**

La noche caía sobre Gomorra, envolviendo la ciudad en una calma aparente. En un modesto apartamento, Aïah observaba a su hija, Hinna Saar, jugar con una muñeca que había recibido de manera misteriosa, sin remitente ni explicación. Durante varios meses, sobres con dinero llegaban regularmente, acompañados de regalos modestos pero significativos.

Aïah se preguntaba con frecuencia quién podía ser el autor de estos envíos. Una parte de ella quería creer que era un guardián desinteresado, pero su instinto le susurraba otra cosa. Las cartas anónimas contenían a veces frases enigmáticas como: "Para que su futuro sea mejor" o

"Una pequeña estrella merece brillar".

La sombra detrás de las acciones

Por su parte, Ackeli, bajo su identidad de Ekleyima, seguía de lejos la vida de Hinna y de Aïah. Escondido en una casa aislada en las afueras de Gomorra, escuchaba la radio o consultaba discretamente los periódicos para obtener información sobre su día a día. Cada envío que preparaba era un intento de redención, un gesto silencioso para aliviar el peso de sus propios remordimientos.

Una noche, estaba sentado en su escritorio frente a un sobre que acababa de llenar con una cantidad de dinero. En un pedazo de papel escribió una breve nota:

"Para sus sueños, para su sonrisa."

Dudó un instante antes de deslizar la nota en el sobre.

"Algún día, Hinna sabrá...", murmuró, su voz quebrándose ligeramente.

"Pero aún no."

Sabía que revelar su verdadera identidad podría destruir la frágil paz que intentaba mantener.

Una relación a distancia

A pesar de la distancia, Aïah y Ekleyima (a quien conocía bajo esta identidad falsa) habían desarrollado una extraña amistad. Los intercambios eran raros pero sinceros. Ella veía en él a un confidente, alguien que parecía comprender su dolor sin nunca imponerse demasiado.

Una noche, Aïah envió un mensaje casi impulsivamente:

"Esos regalos... esas cartas. No sé quién es el autor, pero a veces me pregunto si no es alguien que realmente me conoce."

Ekleyima leyó el mensaje en silencio, con el corazón latiendo con fuerza. Quería responder: "Sí, te conozco más que nadie." Pero solo escribió:

"Tal vez solo se trate de alguien que admira tu fortaleza."

Aïah respondió con un toque de humor, pero también con tristeza:

"¿Fortaleza? Si tan solo supiera... Solo soy una mujer rota que intenta juntar los pedazos."

Ekleyima apretó el teléfono en su mano, incapaz de responder. A través de esa pantalla veía las cicatrices que había dejado, y cada palabra que enviaba parecía insuficiente para cerrar el abismo entre ellos.

Una esperanza silenciosa

En las sombras, Ackeli seguía actuando por el bien de Hinna. Había financiado en secreto su inscripción en una prestigiosa escuela, asegurándose de que la niña tuviera acceso a oportunidades que él nunca tuvo.

Una vez, al pasar frente a la escuela, vio a Hinna en el patio, su risa iluminando el lugar. Se detuvo a distancia, escondido detrás de un árbol, y murmuró:

"Todo esto es para ti."

Pero el precio de sus actos invisibles era alto. Cada gesto, cada sacrificio, lo acercaba a la esperanza de redención, pero también lo sumía más profundamente en una soledad que no podía compartir con nadie.

Ackeli esperaba el día en que finalmente pudiera revelar la verdad, pero ese momento parecía siempre fuera de su alcance. Por ahora, permanecía como una sombra, un protector anónimo, dispuesto a todo para que la luz de Hinna nunca se apagara.

• 5. Una Transformación Total

Un hombre irreconocible, física y emocionalmente.

La metamorfosis de Ackeli en Ekleyima no fue solo un cambio de nombre y documentos falsificados. Fue un renacimiento completo, un esfuerzo sistemático por borrar al hombre que había sido para adoptar una identidad que le permitiera sobrevivir.

El Cambio del Cuerpo y la Mente

En una cabaña aislada, lejos del bullicio de Gomorra, Ackeli dedicó sus días a transformar no solo su apariencia, sino también su estado mental. Cambió sus elegantes trajes de antaño por ropa humilde y adoptó una postura ligeramente encorvada, en contraste con su antigua presencia imponente. Su barba, antes perfectamente recortada, se convirtió en una maraña descuidada, y dejó que su cabello creciera desordenadamente, cubriendo parte de su rostro y creando una barrera entre el mundo y sus emociones.

Frente a un espejo agrietado del baño, observaba su reflejo, una mezcla de familiaridad y extrañeza.

«Ya no eres Ackeli Hicha,» murmuró en voz baja, como una oración o una advertencia.

«Ahora eres Ekleyima. Un hombre nuevo.»

Cada día practicaba una nueva voz, un tono más grave y menos distintivo, borrando cualquier rastro de su pasado.

La Muerte del Viejo Ackeli

El cambio físico era solo la superficie de una transformación más profunda. En la oscuridad de su soledad, Ackeli se enfrentó a sus recuerdos. Las risas de sus días de gloria, los gritos de Aïah aquella noche fatídica, las miradas acusadoras de los habitantes de Gomorra... Cada imagen se mezclaba en una pesadilla constante.

Para sobrevivir a la culpa abrumadora, se sumergió en rituales diarios casi militares: largas horas de meditación, ejercicios físicos intensos y, sobre todo, escritura.

En un cuaderno desgastado, escribía frases enigmáticas:

«El pasado es un fuego que arde sin fin.»

«La redención comienza donde termina la vergüenza.»

Estas palabras no eran excusas, sino fragmentos de una búsqueda interior: un medio para entender en quién se había convertido.

Una Prueba de Voluntad

Un día, mientras salía a buscar provisiones, Ackeli se cruzó con una mujer que, por un instante, le recordó a Aïah. Su corazón se detuvo, sus manos temblaron, pero se obligó a apartar la mirada.

De regreso en su escondite, enfrentó su debilidad.

«No puedes fallar,» murmuró, golpeando la mesa con el puño.

«Si Aïah descubre la verdad demasiado pronto...»

Sabía que no podría soportar su juicio. La transformación en Ekleyima no solo era una cuestión de supervivencia física, sino también una armadura contra el dolor emocional.

Un Hombre Emocionalmente Cambiado

A pesar de todo, esta transformación no lo insensibilizó. Por el contrario, Ackeli desarrolló una extraña empatía por los débiles y marginados. Bajo su nuevo rostro, comenzó a ayudar discretamente a quienes lo rodeaban, compartiendo sus escasos recursos o defendiendo a inocentes contra las injusticias locales.

En su refugio, también seguía de lejos la vida de Aïah y su hija, Hinna Saar, asegurándose de que no les faltara nada, aunque estos gestos permanecían invisibles.

La Nueva Máscara

Una noche, frente al espejo, se colocó por primera vez la máscara que completaría su nueva identidad: una creación artesanal de rasgos severos, casi inhumanos.

«Este es el hombre que el mundo verá,» declaró con calma.

«El viejo Ackeli está muerto. Ekleyima vive para reparar lo que destruyó.»

Esta máscara simbolizaba más que su anonimato. Representaba una línea entre su vergonzoso pasado y su incierto futuro.

Pero detrás de esa máscara, un hombre roto seguía luchando con sus demonios, esperando que, algún día, su transformación fuera suficiente para ganarse el perdón de Aïah y el derecho de presentarse ante Hinna Saar como su padre.

Parte III:
La Brecha del Contacto

- ## 6. La Llamada Prohibida

La noche era tranquila, acompañada por una ligera brisa que hacía bailar las cortinas en la casa de Aïah. Había acostado a Hinna y estaba sentada en su sillón favorito, un libro en la mano. Su teléfono vibró suavemente sobre la mesa baja, mostrando un número sin nombre. Una ligera sonrisa iluminó su rostro. Desde hacía un tiempo, ese desconocido, convertido en su confidente nocturno, la llamaba en momentos inesperados.

Respondió con una familiaridad reconfortante.

"Buenas noches, amigo misterioso," dijo con una voz ligera, con un toque de broma en el tono.

Del otro lado, Ackeli bajo su identidad de Ekleyima sonrió al escuchar esas palabras. Ese momento, aunque velado por el secreto, se había convertido en uno de los pocos instantes de paz en su agitada vida.

"Buenas noches, estrella vespertina," respondió él, su voz cargada de una calidez sincera.

Aïah rió suavemente.

"Siempre tan poético. Algún día tendrás que decirme quién eres realmente."

Ackeli dudó un momento. Soñaba con revelarle la verdad, pero sabía que ese día aún no había llegado.

"Tal vez algún día. Por ahora, déjame simplemente disfrutar de estos momentos contigo."

Un Intercambio Cargado de Emociones

Sus conversaciones solían ser ligeras, a veces profundas. Esa noche, Aïah decidió compartir algo de su día a día.

"Hinna estuvo adorable hoy. Insistió en que le leyera tres cuentos antes de dormir."

"¿Tres?" respondió él, divertido.

"Sin duda, ha heredado tu terquedad."

Aïah se detuvo un momento, sorprendida por su comentario.

"¿Y cómo puedes saber que soy terca?" preguntó, mitad seria, mitad divertida.

Ackeli se mordió el labio. Había olvidado lo cuidadoso que debía ser con sus palabras.

"Digamos que se nota en tu voz. Una fuerza, una determinación. Es lo que te hace única."

Ella se sonrojó ligeramente, conmovida por sus palabras.

"Eres muy bueno adulando."

"No es adulación, es la verdad."

Un Vínculo Que Se Fortalece

La conversación derivó lentamente hacia temas más personales.

"A veces, quisiera empezar todo de cero," confesó Aïah.

"Lejos de los recuerdos, del dolor simplemente una nueva página."

"No necesitas empezar de cero," respondió Ackeli, con una voz suave y reconfortante.

"Ya tienes una vida que muchos envidiarían. Una hija que te adora, una fuerza interior que ilumina incluso los días más oscuros."

Se hizo un silencio, pero no era un silencio pesado. Era como si sus almas intercambiaran palabras invisibles, más allá de los límites de su conversación.

"¿Y tú?" se atrevió a preguntar.

"¿Qué cambiarías en tu vida?"

Él reflexionó un momento antes de responder, midiendo cuidadosamente sus palabras.

"Quisiera reparar mis errores. Ser alguien de quien pudiera estar orgulloso."

Esas palabras conmovieron a Aïah, pero no insistió más. Respetaba las barreras que él parecía haber erigido alrededor de su pasado.

Una Mente Atormentada

Después de colgar, Aïah se quedó dormida con una leve sonrisa, reconfortada por esa extraña amistad que le daba la sensación de ser comprendida. Por su parte, Ackeli permaneció despierto durante mucho tiempo, con los ojos fijos en el techo de su escondite.

Había encontrado un cierto consuelo en esa relación, pero el peso de su secreto se hacía cada vez más difícil de soportar.

"Algún día, tal vez," murmuró para sí mismo.

"Algún día, ella sabrá todo."

Esa noche, dos corazones latieron al unísono, conectados por un hilo invisible, a pesar de los kilómetros, a pesar de las sombras del pasado.

• 7. Hinna Saar: Un Encuentro Inesperado

La voz inocente de Hinna perturba profundamente a Ekleyima.

Algunos días después, había una extraña tensión en el aire aquella noche, como si cada soplo de viento trajera consigo recuerdos de un pasado que ambos intentaban evadir. Aïah se había retirado a su sala después de acostar a su hija Hinna, como solía hacer. Disfrutaba de la tranquilidad de la noche, pero su teléfono vibró sobre la mesa baja, interrumpiendo ese momento de calma.

La pantalla mostraba el número del desconocido. Una sonrisa fugaz, casi repetida por hábito, apareció en su rostro. El amigo misterioso, con quien había intercambiado palabras durante un tiempo, la llamaba nuevamente. Ella no sabía quién era antes de esto, pero esas conversaciones se habían convertido en un consuelo en su vida. Respondió sin vacilar.

"Buenas noches, tú," dijo suavemente, con una voz serena.

Al otro lado de la línea, Ekleyima, o más bien Ackeli detrás de su máscara, se quedó inmóvil. La familiaridad de la voz de Aïah, el tono dulce que empleaba, despertaba en él emociones que creía haber enterrado para siempre. Era la primera vez que se permitía sentir ese sentimiento extraño e inesperado: la nostalgia.

"Buenas noches," respondió con voz calmada, aunque ligeramente emocionado.

"¿Cómo estás, Aïah?"

Aïah, sin sospechar la verdadera identidad de su interlocutor, sonrió de manera tranquila, sintiéndose extrañamente reconfortada por esa llamada. Esos momentos tenían algo especial, casi íntimo, aunque no podía explicar exactamente por qué.

"Bien, ¿y tú?" preguntó.

Un silencio breve se instaló antes de que él respondiera, como si sus palabras estuvieran medidas, cuidadosamente seleccionadas con la prudencia que los años de ocultamiento le habían enseñado.

"Estoy bien. Esta noche pensaba en ti... y en Hinna."

El nombre de su hija, pronunciado por esa voz misteriosa, hizo que Aïah se sobresaltara. No estaba acostumbrada a escuchar a alguien hablar de su hija de esa manera, especialmente viniendo de un desconocido. Sin embargo, ese tono, a la vez reconfortante y extraño, le provocó un escalofrío que recorrió su cuerpo sin saber exactamente por qué.

"¿Hinna? ¿Por qué hablas de ella?" preguntó con un toque de sorpresa en su voz. Trató de disimular su confusión.

"Ya está dormida, como siempre, adorable."

Del otro lado, Ackeli se sintió momentáneamente perturbado. Hablar de Hinna era como reescribir una parte de su pasado, como si tuviera que aceptar la realidad de lo que había hecho. La violación. El sufrimiento de Aïah. Y el nacimiento de esa niña inocente, fruto de una violencia que no podía borrar, incluso bajo esa nueva identidad.

"Tiene suerte de tener una madre como tú," dijo con voz calmada, casi distante.

"Parece tan pura, tan llena de vida..."

Aïah lo sintió repentinamente más distante, como si un velo de preocupación hubiera caído sobre la conversación. No podía evitar preguntarse por qué parecía tan interesado en su hija.

"Pareces estar apegado a ella, aunque no sé por qué hablas de ella así," añadió, ligeramente sospechosa pero aún indulgente.

"Digamos simplemente que me inspira," respondió él, tratando de no revelar demasiado de sí mismo.

"Ella lleva la belleza del mundo con ella, incluso en su silencio."

Sin saberlo, Aïah había puesto un pie en una grieta que ni siquiera Ekleyima sabía cómo cerrar. Sintió un dolor punzante en el corazón, una mezcla de remordimiento y deseo de proteger, sabiendo al mismo tiempo que no era el que debería estar allí. Los destinos de Aïah, Hinna y el suyo estaban irrevocablemente unidos por cadenas invisibles, que nunca dejarían de conectarlos, aunque él hubiera cambiado de identidad, aunque hubiera intentado pasar página.

El silencio se prolongó entre ellos durante unos segundos, antes de que él rompiera nuevamente esa tranquilidad.

"Aïah, no sé qué me pasa. Pero hay cosas que no logro decir"

Aïah, todavía ignorante de la verdad, sintió la fragilidad de esa conversación, como una cuerda tensa a punto de romperse. Pero respondió con una dulzura infinita.

"No tienes que decirlo todo de inmediato. Los secretos tienen su propio ritmo."

Colgó suavemente, con el corazón un poco pesado, pero con una sonrisa en los labios. Al otro lado de la línea, Ekleyima permaneció en silencio, contemplando las palabras de Aïah, atormentado por la imagen de la pequeña Hinna, quien, en su inocencia, cargaba el peso de un pasado que él nunca podría borrar.

Parte IV:
Revelaciones y Decisiones

- ## 8. El Peso del Pasado

La revelación de su identidad y las confesiones de Ekleyima a Aïah.

La noche estaba tranquila, y el aire de Sodoma transmitía una extraña serenidad. En Gomorra, en su apartamento, Aïah se había quedado dormida en el sofá. La luz tenue de la lámpara de mesa proyectaba sombras suaves en las paredes. Hinna dormía plácidamente en su habitación. Aïah, por su parte, no había tenido el valor de ir a su cama después de un día agotador.

El zumbido de su teléfono en la mesa de centro rompió el silencio de la sala. Abrió los ojos, ligeramente desorientada, y echó un vistazo a la pantalla.

Frunció el ceño. Era extraño. Ekleyima nunca había usado un solo número antes, y esta vez usaba un número identificado. El corazón de Aïah latió un poco más rápido mientras contestaba.

«Buenas noches, Ekleyima... ¿o debería decir, mi misterioso amigo?» dijo con un tono medio bromista, medio curioso.

Del otro lado, una voz familiar y temblorosa le respondió:

«Buenas noches, la hermosa Aïah. ¿Estás despierta?»

Aïah arqueó una ceja. Había una vacilación inusual en la voz de Ekleyima.

«Estaba medio dormida, pero tu llamada me despertó. ¿Por qué me llamas tan seguido? Siempre usas números desconocidos y ahora, ¿uno identificado? Te estás volviendo impredecible, más misterioso aún,» bromeó suavemente, aunque algo en su tono delataba una ligera desconfianza.

Se hizo un silencio. Luego, lentamente, él continuó:

«Tal vez sea hora de que me vuelva... transparente contigo.»

Las palabras de Ekleyima resonaron en la mente de Aïah, despertando en ella una ola de sospecha que había reprimido durante meses.

«¿Transparente?» repitió suavemente, enderezándose.

«Ekleyima... hay algo que quieres decir, ¿verdad?»

Del otro lado, Ackeli respiró profundamente, con el corazón latiéndole con fuerza. Los últimos siete años volvieron a su memoria: la prisión, la fuga, los documentos falsos, los negocios clandestinos y esa extraña amistad que había construido con Aïah bajo una identidad oculta.

«Sí, Aïah. Hay una verdad que debo revelarte... sobre mí, sobre quién soy realmente.»

Aïah sintió un escalofrío recorrer su cuerpo. Siempre había encontrado algo inexplicablemente familiar en Ekleyima, pero nunca había intentado averiguar más, pensando que él tenía sus razones para permanecer en la sombra.

«Entonces habla,» murmuró ella, con la voz tensa.

«Mi verdadero nombre no es Ekleyima,» comenzó.

«Esta máscara, esta identidad... todo es una construcción, una manera de sobrevivir después de mi fuga de prisión, solo un medio para redimirme por mis errores.»

El aliento de Aïah se detuvo.

«¿Quién eres realmente?» preguntó con una intensidad que desconocía en ella.

«Aïah... soy yo, Ackeli.»

Esas palabras cayeron como una piedra en un lago tranquilo, creando una onda de choque que resonó en cada fibra de su ser. Sus dedos temblaron y su mente se nubló.

«¿Ackeli?» repitió ella, con la voz ahogada.

«No... eso no es posible.»

«Escúchame, por favor,» imploró él.

«Sé lo que hice, sé el dolor que te causé. Estos últimos siete años no he dejado de vivir con ese peso. Pero me quedé en Sodoma, lejos de Gomorra, para reconstruirme y, de alguna manera, tratar de devolverte lo que destruí.»

Aïah permaneció en silencio, con lágrimas rodando por sus mejillas. Todo de repente cobraba sentido: los gestos atentos, los envíos de dinero, las conversaciones llenas de remordimientos velados.

«¿Por qué ahora? ¿Por qué me dices esto?» susurró finalmente.

«Porque ya no podía mentirte. Porque quiero que sepas que, a pesar de mis crímenes, estoy dispuesto a hacer todo para redimirme, para ayudarte a ti y a Hinna, aunque deba permanecer en las sombras toda mi vida.»

El silencio que siguió fue pesado. Aïah sintió una ira sorda mezclada con un dolor que pensó haber enterrado.

«¿Crees que una llamada, unas disculpas bastarán para borrar lo que hiciste?» dijo con una voz temblorosa.

«No,» respondió él con calma.

«Nada podrá borrarlo jamás. Pero quería que supieras la verdad. Y si quieres que desaparezca, lo haré.»

Un largo silencio se extendió. Aïah cerró los ojos, buscando fuerzas para responder.

«Aún no sé lo que siento, Ackeli, o Ekleyima, o quienquiera que seas. Pero por Hinna... debo reflexionar.»

Colgó suavemente, dejando a Ackeli solo con su teléfono, sus remordimientos y el inmenso vacío que sus confesiones acababan de abrir entre ellos.

• 9. Una Verdad Dolorosa

Aïah finalmente descubre quién se oculta detrás de la máscara.

La revelación de Ackeli, bajo la identidad de Ekleyima, había dejado a Aïah en un torbellino de emociones. Estaba dividida entre la ira, la confusión y una extraña sensación de alivio. Después de la llamada, pasó horas mirando el techo de su habitación, las palabras de Ackeli resonando en su mente como una letanía obsesiva.

Sabía que no podría quedarse así, prisionera de esas emociones. Debía enfrentar la verdad de frente.

La noche siguiente, mientras el crepúsculo pintaba Gomorrha con tonos dorados y morados, su teléfono vibró de nuevo. Esta vez, era un mensaje de Ekleyima:

"Quiero mostrarte quién soy realmente. Si estás lista, llámame."

Aïah dudó, con los dedos temblando sobre la pantalla. Finalmente, presionó el botón para hacer la llamada, decidida a obtener las respuestas que merecía.

"Ackeli..." comenzó tan pronto como él contestó.

"Aïah, gracias por llamarme," respondió él, con una voz más tranquila de lo que ella esperaba.

"Quiero verte. No solo escucharte. Quiero mirarte a los ojos y entender por qué," declaró ella con voz firme, aunque un temblor traicionó su ansiedad.

"No puedo," respondió él después de un largo silencio.

"Aún no. Estoy en Sodoma, y sabes por qué. Pero... puedo mostrarte, de otra manera."

Un momento de silencio se instaló. Luego, continuó:

"Si realmente quieres saber, abre la aplicación de videoconferencia. Te enviaré un enlace. Pero ten en cuenta que lo que verás podría reavivar heridas que nunca podré sanar."

Aïah apretó el teléfono, su corazón latiendo desbocado. Se levantó y se dirigió a su escritorio, abriendo la computadora. Minutos después, hizo clic en el enlace que él le había enviado.

La pantalla se encendió y un rostro que ella no podía olvidar, a pesar de la transformación que Ackeli había buscado al someterse a una operación quirúrgica, apareció. Había cambiado con el tiempo, las pruebas y el remordimiento habían marcado sus rasgos, pero era él, Ackeli, sin máscara ni falsedades.

Las manos de Aïah se apretaron sobre el escritorio. Un torrente de recuerdos dolorosos se impuso sobre ella: la noche en que su vida cambió, el sufrimiento, el miedo, pero también el nacimiento de Hinna, el único rayo de luz en esa oscuridad.

"¿Por qué?" murmuró, las lágrimas corriendo por sus mejillas.

Ackeli apartó brevemente la mirada, incapaz de soportar el peso de su dolor.

"Porque debía sobrevivir," respondió suavemente.

"Porque no quería que mi muerte fuera real, aunque la hubiera merecido. Pero sobre todo, porque quería devolverte lo que te quité, aunque sé que es imposible."

"¿Imposible?" repitió ella con amargura.

"Nada puede borrar lo que hiciste, Ackeli. ¡Nada!"

"Lo sé," admitió él, con la voz rota.

"Pero todo lo que he hecho desde mi fuga, todo lo que te he dado, a ti y a Hinna, lo he hecho por ustedes. No para apaciguar mi conciencia, sino porque ustedes son lo único que aún le da sentido a mi vida."

Aïah apretó los dientes. Las confesiones de Ackeli la tocaban, pero una parte de ella se negaba a ceder a la emoción.

"¿Dices que lo hiciste por Hinna? ¿Por mí? Pero sigues lejos. Escondido. Sigues siendo un cobarde, Ackeli."

Él bajó la cabeza, abatido por sus palabras.

"Tal vez lo sea. Pero quiero cambiar, Aïah. Quiero ser un padre para Hinna, si me dejas esa oportunidad, incluso de lejos. Quiero demostrarte que puedo ser algo más que ese monstruo que fui."

El silencio que siguió fue ensordecedor. Aïah se pasó una mano por la cara, tratando de reunir sus pensamientos. Sabía que no podría perdonarlo tan fácilmente. Pero por Hinna, por su hija, tal vez debería encontrar una forma de seguir adelante, con o sin él.

"No puedo perdonarte, Ackeli," dijo finalmente, con la voz temblorosa.

"Pero tampoco quiero privar a Hinna de saber de dónde viene. Ella merece conocer la verdad, aunque sea dolorosa."

Un destello de alivio cruzó los ojos de Ackeli.

"Gracias," murmuró él, las lágrimas brillando en sus ojos.

"No es por ti," respondió Aïah fríamente.

"Es por ella."

Cortó la comunicación sin esperar respuesta, dejando a Ackeli frente a su reflejo en la pantalla apagada. Sabía que el camino hacia la redención sería largo, pero esa conversación marcaba el primer paso, frágil pero esencial, hacia una verdad dolorosa pero necesaria.

- ## 10. Una Decisión Silenciosa

Aïah decidió guardar el secreto, pero las tensiones persistieron.

Tras la confrontación virtual con Ackeli, Aïah sintió su corazón cargado por un dilema insuperable. La verdad que había descubierto era un peso que no sabía cómo llevar. Toda la noche permaneció despierta, mirando fijamente el techo, con una mano sobre su teléfono, como si esperara que volviera a sonar.

Por la mañana, los primeros rayos de sol iluminaron la habitación de Hinna, y Aïah se obligó a sonreír al verla correr alegremente con su muñeca. Sabía que tenía que tomar una decisión para proteger a su hija, pero cada opción parecía una traición: revelar la verdad sobre su padre podría empañar su inocencia, mientras que guardar el secreto la privaría de conocer sus orígenes.

Esa noche, mientras Hinna dormía, Aïah se sentó frente a su escritorio, con un cuaderno abierto delante. Escribió algunas frases, pero las rompió una tras otra, insatisfecha con sus propias palabras. Finalmente, tomó su teléfono y escribió un mensaje para Ekleyima, o más bien, Ackeli:

"No quiero que veas a Hinna por ahora. Dame tiempo. Ella no está lista para esto. Yo tampoco lo estoy."

El mensaje permaneció sin leer durante horas, hasta que finalmente llegó una respuesta.

"Lo entiendo. Toma todo el tiempo que necesites. Pero debes saber que, sin importar dónde esté, siempre velaré por las dos."

Estas palabras despertaron emociones contradictorias en Aïah. Quería creer en su sinceridad, pero los recuerdos de su pasado violento se negaban a desaparecer.

Los días pasaron, y Aïah tomó la decisión silenciosa de no decir nada a nadie, ni siquiera a su familia cercana. Guardó esta verdad enterrada, convencida de que revelarla causaría más daño que bien. Sin embargo, esta decisión no calmaba su mente.

Cada vez que veía a Hinna jugar o reír, una sombra de culpa la atravesaba. ¿Cómo podría mantener esta mentira frente a una niña que, tarde o temprano, haría preguntas sobre su padre?

Las tensiones aumentaron cuando Hinna encontró una carta en un paquete anónimo dejado en su puerta. La carta contenía un simple mensaje:

"Para Hinna, con amor, de parte de un amigo."

Acompañado de una pulsera adornada con perlas multicolores, el regalo parecía inocente, pero hizo que Aïah se estremeciera. Sabía que era un gesto de Ackeli.

"Mamá, ¿quién me envió esto?"

preguntó Hinna mientras se colocaba la pulsera, con sus grandes ojos llenos de curiosidad.

"Seguramente alguien que piensa mucho en ti" respondió Aïah, evitando la mirada de su hija.

Hinna, satisfecha con esa respuesta vaga, volvió a jugar. Pero para Aïah, este incidente reavivó una ira latente. Envió de inmediato un mensaje a Ackeli.

"Te pedí que mantuvieras tu distancia. No la involucres en esto. Ella aún es muy pequeña."

La respuesta no tardó en llegar:

"Lo siento. Fue torpeza de mi parte. Había enviado este regalo para Hinna hace días, pero parece que el mensajero tardó más de lo previsto. No quería molestarte nuevamente. No volveré a hacer nada sin tu consentimiento."

Un Secreto en Equilibrio

A pesar de la promesa de Ackeli, Aïah sintió que el frágil equilibrio que intentaba mantener podría desmoronarse en cualquier momento. Los días transcurrían en calma, pero vivía con el temor constante de que algo o alguien rompiera ese silencio.

Observó a Hinna una noche, dormida plácidamente en su cama, y se prometió algo:

"No dejaré que nadie, ni siquiera Ackeli, robe la paz de mi hija."

Pero, en secreto, sabía que el tiempo terminaría traicionando su silencio, que la verdad no podía permanecer enterrada para siempre.

Parte V:
Un Amor Suspendido

- ## 11. Lágrimas y Promesas

La luna se alzaba alta en el cielo de Gomorra, arrojando una luz suave y plateada a través de las contraventanas entreabiertas de la habitación de Aïah. Ella estaba sentada al borde de su cama, con la mirada perdida en la oscuridad. Las palabras de Ackeli aún resonaban en su mente. El dolor que tanto había reprimido ahora parecía estallar en mil pedazos, cada recuerdo, cada emoción mezclándose en un torbellino incontrolable.

Cuando su teléfono vibró sobre la mesita de noche, dudó un instante antes de contestar. El nombre de Ekleyima aparecía en la pantalla, una fachada que ya no tenía sentido.

"Aïah..." la voz de Ackeli era débil, casi temblorosa.

"Gracias por responder."

Ella permaneció en silencio un momento, buscando las palabras adecuadas.

"¿Por qué? preguntó finalmente, su voz quebrada por la emoción. ¿Por qué me mentiste durante tanto tiempo? ¿Por qué después de esa misteriosa invitación a Sodoma decidiste jugar conmigo de nuevo? ¿Por qué esperaste todo este tiempo para decirme la verdad?"

Al otro lado de la línea, Ackeli tomó una profunda inspiración, reuniendo su valor.

"Porque tenía miedo. Miedo de perderte otra vez. Miedo de que nunca me dieras la oportunidad de intentar reparar lo que rompí. Miedo de ser buscado por las autoridades, porque debería seguir en prisión."

¿Reparar?

una risa amarga escapó de los labios de Aïah—. ¿De verdad crees que puedes reparar lo que hiciste? Destruiste mi vida, Ackeli. Y aun así, intenté seguir adelante. Por Hinna.

"Lo sé..." respondió él con voz ronca.

" No te imaginas cuántas noches he pasado reviviendo mis errores, desde la prisión hasta ahora. Deseando volver atrás y cambiarlo todo. Pero no puedo. Solo puedo pedirte perdón, aunque no lo merezca."

Un silencio pesado se instaló, roto solo por las respiraciones vacilantes de ambos.

"Hinna" murmuró Aïah.

"Ella nunca lo sabrá. No quiero que cargue con el peso de tus decisiones, Ackeli. Ella merece una vida llena de alegría, no una verdad que la destrozará."

"Lo entiendo, dijo él suavemente. Y haré todo lo posible por proteger ese equilibrio. Quiero que tenga todo lo que nunca pude ofrecerle. Pero tú, Aïah... ¿hay alguna posibilidad, aunque sea mínima, de que puedas perdonarme?"

Las lágrimas corrían silenciosamente por las mejillas de Aïah.

"El perdón, Ackeli, no es para ti, sino para mí. Para poder avanzar sin este peso."

Su voz se quebró, pero continuó:

No sé si puedo olvidar. Pero puedo intentar perdonarte, por Hinna, por mí... y tal vez por lo que alguna vez fuimos antes de todo este caos.

Ackeli sintió una extraña calidez en su pecho, mezclada con una profunda tristeza.

"Gracias Gracias por estas palabras. Prometo que haré todo lo posible por merecer tu confianza, incluso desde la distancia."

"Entonces cumple esa promesa" dijo ella con una fuerza inesperada.

Si quieres redimirte, sé un hombre mejor, aunque sea en las sombras. Por ella.

"Lo seré "respondió él, sus propias lágrimas impregnando sus palabras.

Permanecieron al teléfono, envueltos en un silencio cargado de emociones, sus corazones latiendo al unísono a pesar de la distancia y el peso del pasado. No era un final, pero tal vez, solo tal vez, era un nuevo comienzo.

• 12. Un Futuro Incierto

Los días que siguieron a esa conversación desgarradora estuvieron marcados por una mezcla de alivio e incertidumbre para Aïah. Había abierto una puerta hacia el perdón, pero el espectro de su pasado seguía presente. Cada llamada, cada mensaje de Ekleyima, o más bien de Ackeli, estaba ahora teñido de una nueva complejidad.

Aïah observaba a menudo a Hinna jugar en el jardín, despreocupada y radiante. La pequeña, en su inocencia, no tenía idea de la historia que se tejía a su alrededor. Sin embargo, cada risa de Hinna le recordaba a Aïah que, a pesar de las heridas, la vida continuaba.

Una noche, mientras se preparaba para dormir, un mensaje de Ekleyima iluminó su teléfono:

"Sin importar a dónde nos lleve la vida, siempre velaré por ti y por Hinna. Nunca estaré lejos."

Aïah se quedó inmóvil, con el teléfono apretado en sus manos. Sabía que decía la verdad. Ackeli se había convertido en un hombre en las sombras, pero sus acciones demostraban un deseo sincero de redención. Aun así, no podía evitar preguntarse cuánto tiempo podría durar esa situación.

Una Lucha Silenciosa

Por su parte, Ackeli llevaba una existencia tan compleja como clandestina. Sus actividades en Sodoma lo habían vuelto influyente, pero seguía siendo un fugitivo, un hombre perseguido por los fantasmas de su pasado. Sabía que su tiempo en esa ciudad estaba llegando a su fin. Cuando se cumplieran los siete años de su condena, tendría que elegir: regresar a Gomorra y arriesgarse a ser descubierto, o permanecer para siempre exiliado, lejos de las personas que amaba.

Su doble identidad, Ekleyima, el amigo misterioso de Aïah, y Ackeli, el hombre caído que buscaba redimirse, lo consumía poco a poco. En los oscuros callejones de Sodoma, cruzaba a menudo miradas sospechosas. El miedo de que su secreto se revelara nunca lo abandonaba.

Una noche, mientras leía un informe confidencial sobre las nuevas fuerzas políticas de Gomorra, recibió una llamada de un antiguo aliado.

Ackeli, las cosas están cambiando. Tu regreso podría ser más arriesgado de lo que piensas. Gomorra está a punto de enfrentar una nueva ola de agitación. Akouar es el alcalde, lo sabes, y aquellos que te apoyaron podrían ya no hacerlo.

El corazón de Ackeli se encogió. Comprendió que su pasado nunca se borraría por completo y que su futuro estaría constantemente suspendido entre dos mundos: el de Aïah y Hinna, y el que había construido en Sodoma.

Entre Esperanza y Miedo

Mientras tanto, Aïah seguía adelante. Había decidido no revelar la verdad a Hinna, pero la sombra de Ekleyima seguía pesando sobre su día a día. A menudo se preguntaba si algún día podría vivir sin ese vínculo con él, un vínculo a la vez doloroso e inexplicablemente reconfortante.

En un momento de reflexión, escribió en su diario:

"El perdón es un camino incierto. Quiero creer que puede convertirse en una luz, pero a veces se siente como un laberinto. Y en el centro de ese laberinto está Ackeli, un hombre al que no puedo ni huir ni abrazar completamente."

Un Nuevo Capítulo: Pruebas en el Horizonte

Cuando los siete años de condena llegaban a su fin, Ackeli sentía que algo estaba a punto de romperse. Una nueva amenaza se cernía sobre Gomorra, y sabía que no podría permanecer para siempre en las sombras.

Un último mensaje críptico llegó a Aïah, pocos días antes del vencimiento del plazo:

"Prepárate. Algún día me verás a mí y a Hinna, pero debes saber que para los demás, la calma nunca dura." Lo decía por Akouar, el tío de Aïah, alcalde de Gomorra.

Esas palabras, simples pero cargadas de significado, dejaron a Aïah desconcertada. Un mal presentimiento la invadió, como si el frágil equilibrio que habían construido estuviera a punto de ser puesto a prueba.

El misterio alrededor de Ekleyima persistía, y detrás de él se perfilaba un futuro incierto, cargado de nuevas pruebas y decisiones difíciles.

Un mensaje inquietante

El mensaje de Ekleyima, tan breve como perturbador, dejó a Aïah sumida en una profunda reflexión:

"Prepárate. Me verás algún día, tú y Hinna, pero debes saber que para los demás, la calma nunca dura."

Estas palabras resonaban en su mente como una advertencia. El viento que azotaba Gomorra esa noche parecía susurrar secretos, anunciando un inminente cambio.

Una última llamada

Mientras contemplaba el mensaje en su teléfono, apareció una notificación: "Ekleyima te está llamando." Esta vez, dudó antes de contestar. Su mano temblaba ligeramente, dividida entre el deseo de entender y el temor de escuchar verdades para las que quizá aún no estaba preparada.

Aïah... dijo él con una voz grave, casi desconocida.

Hay cosas que debes saber. Pero no esta noche. Aún no.

Su corazón se apretó.

Entonces, ¿por qué llamarme, Ekleyima? murmuró ella, con una mezcla de impaciencia y preocupación. Me envías advertencias, pero te escondes detrás de tus secretos. ¿Por qué no decirme todo de una vez?

Hubo un silencio al otro lado de la línea, un silencio cargado de significado. Luego, suavemente, él respondió:

Porque algunas verdades rotas son más seguras en la oscuridad. Pero... pronto, todo cambiará.

Antes de que pudiera responder, él colgó. El sonido sordo del tono de llamada resonó en su mente como un eco de su propia confusión.

Una pesadilla reveladora

Esa noche, Aïah tuvo un sueño inquietante. Estaba en una gran sala oscura, rodeada de espejos. En cada reflejo veía fragmentos de su pasado: el rostro de Ackeli, los llantos de Hinna cuando era bebé, y la sombra de un hombre enmascarado que reconocía como Ekleyima.

Extendió la mano hacia uno de los espejos, pero cuando tocó su superficie, este se rompió en mil pedazos, dejando tras de sí un vacío negro. En ese vacío, una voz familiar susurró:

"El pasado nunca desaparece. Solo duerme, esperando resurgir."

Despertó sobresaltada, con la respiración agitada. El sueño parecía más que una simple pesadilla; era una advertencia, un presagio.

En Sodoma: Una decisión irreversible

Mientras tanto, Ackeli se preparaba para un acto final. Había reunido suficientes recursos e influencia en Sodoma para garantizar su anonimato, pero sabía que esa red de seguridad no duraría para siempre.

En su pequeño despacho, releía viejos informes de Gomorra, nombres de quienes aún podrían buscarlo. Entre ellos, uno destacaba repetidamente: "Akouar", el hombre que había expuesto los actos de Ackeli al pueblo, el mismo que ahora gozaba de gran popularidad y parecía dispuesto a sacudir los cimientos de la ciudad.

Si regreso, no podré permanecer oculto —murmuró para sí mismo, con la mirada fija en un mapa de Gomorra.

Sin embargo, sus pensamientos siempre volvían a Aïah y Hinna. Todo lo que había construido, todo lo que había sacrificado, giraba en torno a ellas.

Un último mensaje

Pocos días antes de que se cumpliera su condena de siete años, Aïah recibió otro mensaje de Ekleyima. Esta vez, no había ambigüedad:

"Aïah, si algún día me ves, no creas todo lo que escuches. Este mundo está lleno de mentiras, pero mi amor por ti y por Hinna es la única verdad a la que me aferro. No volveré a enviarte mensajes. Tal vez nos volvamos a ver... o no."

Esa fue la última comunicación que recibió de él.

Un horizonte desconocido

Los días, las semanas y luego los meses pasaron. Aïah continuó con su vida, pero una parte de ella permanecía suspendida en la espera. No sabía si Ekleyima o Ackeli regresarían algún día, pero sentía que su historia no había terminado.

En las oscuras calles de Sodoma, Ackeli sostenía una foto de Hinna que había recibido gracias a los repartidores que acostumbraban a llevar regalos para Aïah. Sus ojos reflejaban tanto un profundo arrepentimiento como una silenciosa determinación.

El futuro seguía siendo incierto, pero una cosa era segura: los caminos de Aïah y Ekleyima no estaban destinados a separarse para siempre. Sus vidas estaban entrelazadas por hilos invisibles, tejidos por el destino y reforzados por las decisiones que aún tomarían.

La escena final muestra a Aïah, sentada en su balcón, con la mirada perdida en el horizonte de Gomorra, mientras un viento frío sopla, llevando consigo el susurro de un nombre:

"Ekleyima..."

Voici la traduction en espagnol :

Las Sombras de la Redención

Sodoma, la ciudad donde Ackeli se refugió tras su escape, es un lugar donde los secretos y las conspiraciones se entrelazan en la oscuridad. Aunque ha intentado reconstruir su vida bajo una nueva identidad, la de Ekleyima, las cicatrices del pasado se niegan a desaparecer. Cada noche, los recuerdos de Gomorra lo atormentan, especialmente los de Aïah, cuya vida destruyó, y los de Akouar, el hombre que expuso sus crímenes ante todos.

Un día, mientras frecuenta uno de los refugios subterráneos de Sodoma, Ackeli escucha una conversación que despierta en él una inquietud creciente:

—Akouar no gobernará por mucho tiempo. Sus días están contados.

Las palabras, al principio vagas, se vuelven más explícitas a medida que capta los murmullos. Se está gestando un complot contra Akouar, orquestado desde Sodoma por enemigos decididos a derrocar al líder de Gomorra. Las razones detrás de esta conspiración son tan diversas como sus participantes: venganza, ambición o simplemente el deseo de sumir a Gomorra en el caos.

Un Recuerdo Doloroso y un Nuevo Dilema

Para Ackeli, esta revelación tiene un sabor amargo. Akouar es tanto su enemigo como su juez. Fue Akouar quien desnudó sus actos despreciables hacia Aïah, condenándolo al exilio y a la vergüenza. Pero también fue Akouar quien mantuvo cierta estabilidad en Gomorra, donde viven Aïah y su hija, Hinna Saar.

Un dilema surge en su interior, desgarrándolo entre dos caminos. Ignorar el complot sería lo más fácil. Al fin y al cabo, ¿por qué salvar a un hombre que fue el instrumento de su caída?

Pero esta inacción pondría en peligro a Gomorra, y con ella, a las dos únicas personas que todavía intenta proteger.

Ackeli siente una chispa extraña, una mezcla de culpa y responsabilidad. Tal vez, se dice, revelar este complot podría ser un paso hacia su redención frente a Aïah y la sociedad que lo desprecia. Pero, ¿cómo actuar? Y, sobre todo, ¿cómo superar el peso de los recuerdos, ese constante recordatorio de sus actos y de su exposición por parte de Akouar?

Una Investigación en la Sombra

La decisión de Ackeli es clara: debe comprender el alcance del complot antes de elegir su próximo paso. Sumergiéndose en los intrincados laberintos de las intrigas de Sodoma, se infiltra en los círculos de los conspiradores, utilizando su inteligencia y carisma para obtener información crucial.

Pero cada detalle que descubre lo acerca a una elección imposible. Los conspiradores son poderosos y están bien organizados, y su plan parece imparable. Más inquietante aún, Ackeli descubre que las motivaciones detrás de este complot no se limitan a Akouar. El objetivo es desestabilizar toda Gomorra, sumir a la ciudad en una guerra civil donde ni Aïah ni Hinna estarían a salvo.

El Peso del Pasado y la Incertidumbre del Futuro

Para Ackeli, este viaje en la sombra es también una confrontación consigo mismo. Cada paso que da lo lleva de vuelta a Aïah, a lo que le hizo, y a lo que desesperadamente busca reparar. Pero otra voz, más oscura, le recuerda que Akouar fue el arquitecto de su humillación pública.

La ira y el remordimiento se entremezclan, creando un torbellino emocional. Actuar para salvar a Akouar y a Gomorra podría considerarse un acto de redención, pero también significaría proteger al hombre que arruinó su vida. Ackeli sabe que su elección, sea cual sea, lo marcará para siempre.

El Suspenso de una Decisión

Mientras los conspiradores aceleran sus preparativos, Ackeli se enfrenta a una decisión que cambiará el curso de la historia. ¿Advertirá a Akouar, poniendo en peligro su propia seguridad y anonimato? ¿O permanecerá en la sombra, dejando que los acontecimientos sigan su curso, a riesgo de perder la última oportunidad de recuperar una parte de su humanidad?

¿Al salvar a Akouar, realmente puede redimirse, o esta elección solo reabrirá heridas que nunca podrán sanar? ¿Y si, al final, la redención no es más que una ilusión, una búsqueda imposible en un mundo donde el perdón es tan raro como la justicia?

Continúa...

Don't miss out!

Visit the website below and you can sign up to receive emails whenever Marie Dachekar Castor publishes a new book. There's no charge and no obligation.

https://books2read.com/r/B-A-YQQNC-KIZIF

BOOKS 2 READ

Connecting independent readers to independent writers.

Did you love *Entre amor y locura: El placer, el poder y la corrupción en Gomorra*? Then you should read *"Entre amor y locura: placer, poder y corrupción a Gomorra"*[1] by Marie Dachekar Castor!

[2]

Título: Entre Amor y Locura: El Placer, el Poder y la Corrupción en Gomorra – Tomo II

En esta cautivadora segunda entrega de Entre Amor y Locura, las cicatrices del pasado se profundizan mientras surgen nuevos secretos, llevando a los personajes a una búsqueda de redención, venganza y renovación. La historia continúa cuando Ackeli Hicha, una vez poderoso y respetado, enfrenta la justicia

1. https://books2read.com/u/3kkBYO
2. https://books2read.com/u/3kkBYO

por sus actos inconfesables. Condenado a una larga pena en la prisión severamente vigilada de Sodoma, descubre la brutalidad de la vida carcelaria: castigos diarios, trabajos forzados y humillaciones degradantes se mezclan con la soledad, enfrentándolo sin cesar a sus propios demonios. Los muros de la prisión, lejos de quebrarlo, lo transforman, suscitando en él sentimientos de remordimiento, pero también de deseo de venganza.

Paralelamente, Aïah, embarazada de un hijo que nunca quiso, lucha por reconstruir su vida con valentía y resiliencia. Apoyada por su familia, especialmente por su tío Akouar, encuentra en el amor maternal una fuerza inquebrantable. Entre dudas, angustias y el miedo de revivir su trauma, Aïah se aferra a la esperanza, deseosa de ofrecer a su hija una vida lejos de la oscuridad de Gomorra. Cada momento, pelea por una sanación interior, enfrentando las cicatrices que Ackeli dejó, y también por redefinir su futuro. Su lucha se convierte en símbolo de resiliencia, inspirando a las mujeres de su entorno y provocando un despertar silencioso entre aquellas que han sufrido en la sombra durante tanto tiempo.

Pero cuando finalmente empieza a encontrar algo de paz, una misteriosa invitación a Sodoma trastorna su tranquilidad. Un desconocido la invita a un encuentro en un lugar enigmático. Abriendo así una serie de preguntas sin respuesta, esta invitación revive sus recuerdos enterrados y la obliga a prepararse para un encuentro que podría cambiar su vida para siempre.

Ackeli, bajo una identidad falsa tras una fuga bien planeada, retoma su ascenso en el mundo clandestino de Sodoma. La corrupción, las actividades secretas y la influencia de sus aliados políticos reconstruyen su imperio, pero el recuerdo de Aïah lo persigue sin cesar. A pesar de la oscuridad de sus ambiciones, permanece marcado por la culpa, buscando alivio en la construcción de su poder clandestino. Sin embargo, su pasado no deja de alcanzarlo, y sabe que su camino lo llevará inevitablemente hacia una confrontación con lo que ha destruido.

En esta novela dramática e intensamente psicológica, Entre Amor y Locura: El Placer, el Poder y la Corrupción en Gomorra – Tomo II explora los temas de redención, del poder destructivo y del amor incondicional. Mientras los destinos de Aïah y Ackeli parecen converger una vez más, se instala un suspense asfixiante, prometiendo revelaciones impactantes y decisiones cruciales. El final abierto deja en el aire la sombra de su próximo encuentro, envuelto en misterio y en consecuencias inexorables.

Also by Marie Dachekar Castor

2

"Encuentro con los conquistadores de records deportivos: Estrellas notables entre las mejores"

5

Entre amour et Folie : Le plaisir, le pouvoir et la corruption à Gomorrhe

"Entre el amor y la locura: Placer, poder y corrupción en Gomorra"

"Entre amour et folie: Le plaisir, le pouvoir et la corruption à Gomorrhe"

"Entre amor y locura: placer, poder y corrupción a Gomorra"

Entre amour et folie: le plaisir, le pouvoir et la corruption à Gomorrhe

Entre amor y locura: El placer, el poder y la corrupción en Gomorra

"Entre amour et folie: Le plaisir, le pouvoir et la corruption à Gomorrhe"

Standalone

Au delà des préjugés: L'amour au coeur des obstacles

El precio de la desesperación: Inmersión en la realidad de la prostitución y büsqueda de soluciones

Los tabúes de la sociedad

Las Complejidades de la Infidelidad en las Relaciones entre Hombre y Mujere

Recetas magicas

Entre la belleza de la juventud y el miedo a envejecer: la alimentación como clave para la vitalidad

"Entre la belleza de la juventud y el miedo a envejecer: La alimentación como clave para la vitalidad."

Las Complejidades de la Infidelidad en las Relaciones entre Hombre y Mujere

Más allá de los prejuicios: el amor en el corazón de los obstáculos

Pequeñas Historia para viajar con la imaginación

Milton Keynes UK
Ingram Content Group UK Ltd.
UKHW030149051224
452010UK00001B/20